Les Contes de Saint Germain

À Paris

Timothée Bordenave

Ukiyoto Publishing

All global publishing rights are held by

Ukiyoto Publishing

Published in 2025

Content Copyright © Timothée Bordenave

ISBN 9789370093430

All rights reserved.
No part of this publication may be reproduced, transmitted, or stored in a retrieval system, in any form by any means, electronic, mechanical, photocopying, recording or otherwise, without the prior permission of the publisher.

The moral rights of the authors have been asserted.

This is a work of fiction. Names, characters, businesses, places, events, locales, and incidents are either the products of the author's imagination or used in a fictitious manner. Any resemblance to actual persons, living or dead, or actual events is purely coincidental.

This book is sold subject to the condition that it shall not by way of trade or otherwise, be lent, resold, hired out or otherwise circulated, without the publisher's prior consent, in any form of binding or cover other than that in which it is published.

www.ukiyoto.com

This book is dedicated to the delicate women I love.

Contents

Paris est magique	1
La fée d'Iran	5
L'Horloge Magique	11
L'ange	17
Une nuit sous terre	23
Le garage impossible	29
Le Pont des Arts	35
Béatrice, disparue	41
L'ami Charles	46
Le traquenard	52
Cat noir	58
Le Comte de Saint Germain	64
About the Author	*72*

Paris est magique

Ne sommes-nous pas tous, chacun, chacune, les enfants de la Terre ? Sous le ciel, parfois bleu, parfois gris, parfois tout noir ou presque, seulement parsemé d'étoiles, nous sommes bien peu de chose. Quelle que soit la vie qu'on ait eue, qu'on ait, que l'on pourra avoir, petit peu à petit peu nous n'amasserions jamais de bien grands trésors, ne connaitrions pas tant non plus, car nos vies si diverses pourtant, sont invariablement limitées par nos faibles moyens d'homme, ou de femme, et notre temps est compté ici.

Cependant, chaque vie est une chance, chaque vie peut être riche, belle, peut être heureuse et même pleine de succès, je le crois. Le monde autour de nous est tel : riche et immense, beau et magnifiquement ordonné, heureux sans doute et plein de succès, oui si l'on pouvait lui définir une conscience ou une personnalité pourrait-on, je le pense, le dire plein de bonheur et de réussite ! Et j'en vois pour témoins par exemple, le chant léger, joyeux, des oiseaux. Le sourire de la Lune. L'harmonie partout dans la Nature, comme pour les flocs des vagues qui se brisent sur une plage, ou la danse des nuages qui s'écharpent aux sommets des montagnes...

D'ailleurs l'activité, l'industrie, de notre espèce humaine, est elle aussi assez spectaculaire et très belle, à mon sens, par son organisation tant que par ce que nous sommes collectivement attachés à y améliorer au fur et à mesure du temps qui s'écoule.

Et quand bien même c'est vrai que certains sont méchants, que certains faits sont cruels, dramatiques, presque tragiques parfois, et qu'ainsi ne peut-on éluder une certaine tristesse, puis beaucoup d'erreur dans nos sociétés, eh bien : ces sociétés humaines sont néanmoins capables de progrès, d'adaptation, d'intelligence, on le voit. Autant dans l'humanité considérée ensemble, que dans chaque groupe d'hommes et de femmes, puis dans chacun, enfin, d'entre nous, on trouvera aisément si l'on observe une part de compréhension, une part de bonheur ou de satisfaction, puis une part de beauté... C'est à mon sens grâce à celles-ci que nous nous sommes mieux établis peu à peu dans le monde, y perdurant, y croissant. Grâce à l'Amour aussi, ce ferment indéfinissable en notre cœur. Mais, pardonnez-moi ! Je ne voudrais pas prétendre à vous apprendre ce que tous savent, pour un étalage du sens commun que l'on partage déjà, ni bailler des poncifs à tout va.

Si je vous écris ce petit ouvrage, c'est pour vous faire part de ce que j'ai pu vivre étant adolescent, puis un jeune homme, à Paris. La capitale de mon pays, la France. Mon propos ne sera pas de faire une chronique de ma jeunesse, mais plutôt de mettre en lumière quelques-unes des expériences, quelques petites aventures, quelques rencontres, toutes insolites ou étranges, que je réalisai pendant ces années passées sur les bancs du lycée, puis de la faculté, à Paris et plus précisément dans le quartier de Saint Germain, où je résidais alors habituellement.

Paris est une cité absolument merveilleuse, pleine de charme et d'un grand mystère, puis étonnamment belle, splendide même et rayonnante de mille et mille éclats. Elle est à la fois l'écrin et la perle. Le flacon, et la liqueur… Le palais, pour un jour de fête. Quand on s'y promène, partout autour de soi on voit le somptueux ou le charme, et sa trépidante activité n'empêche pourtant ni le repos ni l'intimité, que l'on y trouve aussi, dans ses jardins notamment, dans ses parcs ou par les quais de notre fleuve la Seine. On a chanté Paris tant et tant. C'est qu'il est vrai, et c'est bien connu, presque un mythe, que c'est la ville de l'Amour, la ville de la Lumière, et du Bel Esprit.

Alors peut-être voudriez-vous remarquer que cette description semble un peu trop idéaliste ? Sachez que j'y vécus, je vivais là encore récemment. Je vous parle de ce que je connais. Et s'il se peut que sous certains aspects je sois parfois peut-être un peu naïf, je n'en suis pas moins un homme d'honneur. Paris est magique. Allez à Paris, vous en jugerez bien par vous-même. J'aime Paris. Comme un enfant aime sa mère : je l'aimerai pour toujours.

La fée d'Iran

Je suis né à Paris. Dans un hôpital qui portait le nom de Saint Vincent de Paul, devenu depuis un petit lotissement résidentiel...

Après une enfance souvent un peu aventureuse, car mes parents à plusieurs reprises m'égarèrent, notamment une fois très jeune dans une forêt où je vécus quelque mois allaité par une louve avant que de ne les retrouver ensuite aux alentours de leur château... Puis il y eut une autre fois où ce fus moi qui fuguai, jeune enfant, pour vivre trois semaines caché dans les tours de notre cathédrale, Notre Dame, mendiant des restes de fruits au marché qui est à son chevet, pour ma nourriture, afin d'effectuer une retraite spirituelle. Après donc quelques péripéties de cette sorte qui feront peut-être la matière d'un autre écrit, je fus adolescent. Alors, comme j'avais été très bon élève au collège Montaigne, qui jouxte les jardins du Luxembourg, je fus admis au prestigieux lycée Henri IV, fleuron de notre éducation Républicaine, à Paris encore, non loin de chez moi.

J'habitais avec ma famille dans la rue Guynemer, une des plus chic, dit-on, de toute la ville, dans un grand appartement dont les larges baies vitrées donnaient sur ces mêmes jardins du Luxembourg, que l'on peut appeler aussi les jardins du Sénat. A vrai dire : un grand parc, magnifique, luxuriant, où j'ai passé certains des moments enchanteurs de ma vie.

J'étais, à cause de tous les livres que je dévorais depuis mes premières classes, un rêveur, un peu romantique et assez intrépide, quoique peut-être encore souvent nigaud. J'étais également très enthousiaste mais, confronté à une certaine forme d'hostilité de la part de mes camarades au collège, aussi un peu solitaire, et par ailleurs assez rétif et craintif quant à l'autorité des adultes, comme celle de mes professeurs.

Au lycée je découvris l'amour, d'abord, puis le bonheur d'un amour partagé. Ce sentiment me bouleversa et reste ancré en moi, au moment où j'écris ces lignes. La jeune femme qui en fut la cause, n'est plus proche de moi, aujourd'hui. Puis d'ailleurs j'éprouvai ensuite ce sentiment pour d'autres. Mais elle, particulièrement, me marqua. Elle s'appelait Sophie. Nous étions dans la même classe, et si je me souviens bien, la première fois qu'elle me parla, ce fut pour me demander une cigarette dans la cour de récréation. Elle, qui avait des traits particulièrement délicats et une silhouette, des formes, presque d'une mannequin, me dit de son air altier que je sentais bon, et que j'étais "mignon", puis après une série d'évènements et de nouvelles discussions entre nous, nous finîmes par nous embrasser quelques semaines plus tard sur la piste d'une discothèque...

Cela vous paraitra peut-être anecdotique, cependant il est important pour la suite de mon récit que je vous expose ces premières heures du lycée, et pourrez-vous ici mieux vous figurer cet adolescent, presque enfant, que j'étais... Il faut maintenant que j'en vienne au premier sujet de ce livre : l'étonnant, et l'extraordinaire, dont je fus témoin à Paris ces années-là.

Les quelques rues autour du lycée Henri IV, disposées sur une grande colline appelée la Montagne Sainte Geneviève, sont pleines d'étudiants et l'on y trouve aussi de nombreuses petites échoppes et de petits restaurants. Ainsi, j'avais demandé à mes parents de m'allouer une petite somme d'argent pour que, plutôt que d'aller manger chaque midi à la cantine, je puisse sortir de mon établissement et déjeuner d'un "sandwich" ou d'un plat de traiteur.

C'est ce que je faisais, presque tous les jours. J'étais bien content d'explorer un peu les environs, avant de m'acheter un petit en-cas frugal, cela me dégourdissait les jambes et me procurait un sentiment de liberté. Certains midis, je disposais autrement de cet argent de poche, préférant n'acheter qu'une barre chocolatée, ou une viennoiserie, pour économiser quelques dizaines de francs que je dépensais enfin plutôt en encens, en petits bijoux ou en perles de fantaisie, ou encore en livres et en illustrés pour mon loisir.

L'encens me servait à nourrir mon appétit pour la spiritualité, qui a été fort chez moi depuis très jeune. Les bijoux, petites pierres, petites perles, c'était pour les offrir à Sophie ou parfois les garder comme talismans, parce que j'étais comme je vous le disais à la fois un jeune un peu naïf, puis un peu inspiré, ou me voulant tel. Les livres et les illustrés me divertissaient, tout simplement.

Or, lors d'une de mes promenades ainsi près de mon lycée, je poussai la porte d'une boutique d'artisanat d'orient un beau jour, qui est située rue Gay Lussac, et j'achetai une petite étole. La vendeuse, une dame qui me dit être d'origine iranienne, fut très agréable avec moi, et m'enjoins de revenir. Je le fis, de bien nombreuses fois j'y revins, d'ailleurs cela jusque très récemment, car j'y suis allé encore le mois dernier. Or il y a un fait très troublant, à propos de cette boutique : sa vendeuse, Milad, est encore là, vingt ans plus tard, mais elle a encore exactement le même aspect, celui d'une dame de soixante ans ! Ses longs cheveux gris rehaussent bien sa figure, ses rides légères, et elle vous sourit doucement en vous proposant ses articles qu'elle a soigneusement disposés dans cette petite caverne d'Ali Baba, avec la même voix, douce aussi et un peu chantante...

Étrange, qu'elle n'ait pas changé d'un rien en vingt ans. Je me suis toujours interrogé à propos de cela. Et je lui ai posé assez directement la question un jour en lui demandant comment faisait-elle pour avoir encore son énergie, et son sourire. Elle m'a répondu avec un ton soudain las : "Je n'ai pas le choix. Il faut bien vivre. Qui donc pourrait tenir le magasin, sinon moi ?"

Ainsi cette dame, qui est une personne affable et gentille, sera-t-elle encore là, la même, si je reviens rue Gay Lussac dans dix ans ? Cela se peut. Une de mes tantes, à qui je parlais d'elle et de sa boutique, m'a dit connaître cette Milad, depuis son enfance, quand ma tante habitait la rue Saint Jacques à deux pas, il y a cinquante ans...

Bien sûr, face à une telle interrogation, plusieurs réponses ou débuts de réponses sont envisageables. D'abord, Milad est peut-être fille, voire fille et petite-fille, d'une autre Milad à laquelle elle ressemble. Et peut-être, simplement se sont-elles passées le flambeau. Ensuite, cette considération de la famille est aussi compréhensible en un sens plus large, de cousines, nièces, ou même amies, qui auraient choisi là un personnage, avec le prénom de Milad pour successivement présenter à leurs clients une continuité entre différentes vendeuses...

Il n'en demeure pas moins que c'est étonnant. Je vous l'assure : cette femme est identique à elle-même, depuis si longtemps, dans cette boutique, pleine d'artisanat et d'art orientaux. Comme si le temps s'y était arrêté. Un autre de ses clients, un syrien me dit-il, m'a parlé d'elle en ces termes une fois, voulant sans doute la complimenter : "Milad est une fée, et une princesse des Mille et une Nuits, à Paris pour encore quelques siècles..."

Cela c'est, sans doute, exagérer ! Mais cela me fait penser à ce que l'on ne connaît que fort peu les gens qui vivent avec nous. C'est vrai : que sait-on à vrai dire, de l'existence de son voisin de palier, par exemple ? Rien, ou très peu. À plus forte raison ne sait-on rien de la vie d'une marchande de son quartier, ni même de celle de nos amis, ou encore si peu. On voit là l'expression, la manifestation, d'une grande confiance que nous avons tous en nous, pour l'autre et pour la société.

L'Horloge Magique

Il m'est, lors de ma seconde année de lycée, arrivé une histoire vraiment peu commune. Comme je lui parlais un soir, chez elle, dans sa chambre, de fouilles que nous avions entreprises au pied du clocher de notre établissement, qui auparavant était un couvent, pour y retrouver peut-être des reliques de Saint Clovis le premier roi de France, Sophie me répondit que le fait que le roi Clovis ait été enterré là ne lui semblait être qu'une légende. Puis, que de toute façon, du simple exercice de la sédimentation, ce phénomène bien connu dans les villes du monde, le temps qui séparait la mort de Clovis de l'édification de la tour, et ensuite des années deux-mille, rendait nos recherches très difficiles car sans doute son tombeau était-il encore très profond.

Sophie a toujours brillé par sa logique et son bon sens. Elle disait donc ces mots, un peu découragée apparemment, par l'ampleur d'une tâche qui lui semblait presque impossible, pour notre petite équipe de chercheurs de trésors amateurs. Je ne sus que lui répondre, et un silence ponctua ce soir d'automne, silence qui se clot par un long baiser.

Quand nous eûmes fini de nous embrasser ma belle amoureuse me dit qu'il fallait par contre qu'elle me "montre quelque chose de fantastique". Et elle me fit promettre de la retrouver le lendemain au déjeuner, dans la cour du cloître d'Henri IV, pour me présenter sa "surprise". Alors naturellement je promis, trop heureux, et la remerciai en l'embrassant encore ! Peu après, je dus revenir chez moi, sous la pluie, depuis l'appartement de ses parents, un luxueux et très spacieux appartement dans un immeuble de la rue de Rennes...

J'étais à cette période de ma vie, comme je l'évoquais pour vous, un peu ballot parfois ou trop gourd, du simple fait de mon adolescence, et je me souviens qu'amoureux éperdu de Sophie je n'eus en tête que de me demander ce qu'elle pourrait bien avoir dont me faire la surprise, jusqu'au lendemain. Quand à midi trente résonna le timbre de la fin des cours du matin, je filai comme une flèche au cloître et l'y retrouvai bientôt. Elle suivait ce matin-là des cours d'option différents des miens, aussi ne l'avais-je pas vue depuis la veille au soir.

Sophie posa un baiser sur mes lèvres et me dit que nous sortions du lycée. Nous sortîmes donc. Elle me dit encore, une fois dehors, que ce qu'elle voulait me montrer était un passage secret dans le Panthéon, qui menait à une chambre secrète, où elle avait quelque chose à me dire seuls à seuls. Très bien ! Je n'avais bien sûr qu'à m'en réjouir, pensai-je. Dans l'intrépide assurance de mon âge cela me parut très simple et très naturel.

Évidemment quand je me rappelle de ces moments pour vous les retranscrire, bien des années plus tard, l'affaire ne peut me dis-je que vous étonner, légitimement. Mais je vécus tant de ces situations originales, aventureuses ou sortant de l'ordinaire au cours de mon existence jusqu'à mes trente-cinq ans passés aujourd'hui, et ce particulièrement à Paris, que personnellement ce genre d'idées ou de démarches me sont devenues familières... Qui ne tente rien, n'a rien ! Dit-on. Ou encore : la Fortune sourit aux audacieux.

Alors en effet, très audacieux ce matin-là d'un mois d'automne en 1999, nous nous présentâmes avec ma belle Sophie aux guichets d'entrée du Panthéon de Paris, nous y entrâmes gratuitement en montrant notre carte d'identité puisque nous avions moins de dix-huit ans, avant qu'elle me dise dans un souffle : "Suis-moi mon chéri, vite, et restons discrets. On va dans la crypte."

Une fois la nef si importante et belle de l'édifice traversée, nous empruntâmes le petit escalier qui descend jusqu'à la crypte aux tombeaux. Vous avez peut-être déjà entendu parler de ce temple patriotique du Panthéon : c'est une ancienne église, rénovée et agrandie sous Louis XV, où depuis la Révolution sont conservés les restes funéraires des "grands hommes", et "grandes femmes" de notre pays, autrement dit ceux qui ont apporté suffisamment de génie ou de gloire à la France.

Il y avait là comme tous les jours des touristes, des badauds qui dans l'atmosphère un peu sépulcrale par nature de ces larges sous-sols commentaient les vies de ceux qu'ils voyaient reposer à l'abri de leur cénotaphe, citant, Voltaire, Hugo, ou simplement se prenant en photographie devant telle ou telle inscription d'un nom connu.

Me tenant par la main, Sophie avança tout droit jusqu'au fond de l'espace de la grande crypte. Là elle fit de son doigt sur ses lèvres le geste du silence et par prétexte, pour donner le change, m'enlaça et mit sa tête au creux de mon épaule un moment.

"C'est là, Tim." Chuchota-t-elle. "Derrière toi. Le passage interdit. Tu passes, sous leur barrière, tu montes quelques marches de l'escalier. Je te suis dans dix secondes, on se rejoint dedans."

Je devais à cette fille, absolument tout mon bonheur qu'elle m'aimât. Ne voulant la décevoir en rien : je fis ce qu'elle avait dit. Il y avait effectivement un passage barré par un simple panneau à mi-hauteur. Je le franchis pour m'élever de quelques marches sur un escalier qui commençait juste là, à tâtons dans le noir mais très déterminé, silencieux et rapide.

Elle me rejoignit bien, presque immédiatement après. "Vite, vite ! Mon chéri." Me dit-elle sans que je ne comprenne encore alors pourquoi elle me demandait ainsi de nous hâter. Je le compris bientôt ensuite car elle m'expliqua une fois l'escalier gravi, quand nous nous retrouvâmes dans les combles de l'édifice, que nous allions écouter "sonner les douze coups de midi à l'horloge magique des amoureux du Panthéon."

Je crois que ce sont exactement les mots qu'elle employa. Je sus donc qu'il fallait bien se hâter, parce que ma montre indiquait une heure moins dix. C'était rationnel qu'une vieille horloge sonnât midi à une heure car depuis peu, en France, nous observons une espèce de lubie d'un de nos anciens dirigeants qui veut que l'on change d'heure deux fois l'an, pour aligner notre économie sur les rythmes solaires...

Mais je ne réalisai l'ampleur de cette surprenante découverte dont Sophie me faisait part, qu'après que les combles parcourus nous nous trouvâmes effectivement dans une pièce secrète dont elle poussa la lourde porte de bois. Là, sur tout un pan de mur, était monté un important carillon doré, en état de fonctionnement, dont les aiguilles étaient presque arrivées à douze heures pile.

Et, pourtant j'ai beaucoup voyagé, croyez-moi : jamais de ma vie entière je n'ai entendu un aussi beau carillon que celui qui est caché au Panthéon, à Paris. Quand sonna l'heure, dans une danse inimaginable presque de figures d'amours et de personnages, les ressorts firent tinter pour nous deux leur mélodie célestine, admirable, pendant près de dix minutes. J'étais saisi entièrement, de joie, et d'émotion. Transporté. Sophie, tendrement, dans le chant de l'horloge, me dit à l'oreille quelques phrases que je garderai pour moi, n'exprimerai pas pour vous. Sachez seulement si vous le voulez que toute ma vie ensuite fut déterminée par ce qu'elle me dit, à ce moment-là.

L'ange

Sophie, pour des raisons trop longues à expliquer ici, était partie dans un autre lycée, l'année suivante. Victor Duruy, dans le septième arrondissement. Alors je passai donc une dernière année sans sa présence à mes côtés dans la terminale littéraire d'Henri IV. Cette période fut riche en péripéties, en anecdotes de camaraderie, amitié ou parfois inimitié avec certains des élèves de mon établissement, comme d'ailleurs d'autres établissements du quartier ou de sa périphérie : Montaigne, Lavoisier, Paul Bert, Stanislas, Sainte Geneviève, Paul Claudel, ou Thomas d'Aquin...

C'était l'année de mon Baccalauréat, que j'empochai avec assez de facilité, et même une très bonne note générale. J'avais développé durant cette période des années de lycée mon goût pour les activités artistiques : je peignais, j'écrivais déjà des poèmes, et je photographiais avec un petit boitier Leica, pendant mes heures de loisir. Et à peu près au moment où mes épreuves d'examen furent achevées, il se tint dans un café de la rue des Canettes, assez réputé à Paris et qui s'appelle Chez Georges, une exposition de quelques tirages des photographies en noir et blanc que j'avais prises au jardin du Luxembourg et autour de lui dans ses quelques rues adjacentes.

C'était le début de l'été ou presque, Paris brillait sous les feux du Soleil tandis que chaque nuit, émerveillé tant par la liberté que procure à un adolescent son entrée dans l'âge de jeune homme, que par l'esprit de joie qui accompagnait ceux de mon âge venant de finir leurs études secondaires, je faisais une fête retentissante, chez les uns, chez les autres, dans les bars ou les discothèques, ce quand bien même je n'avais encore que dix-sept ans.

"On n'est pas sérieux, quand on a dix-sept ans". Ce vers du légendaire Arthur Rimbaud prenait toute sa saveur pour moi, paraissait pour nous tous avec mes amies ou mes camarades d'une éclatante, irréfutable, vérité ou nécessité.

Un de ces soirs, alors que je buvais un dernier verre de mauvais vin rouge chez Georges, près de l'heure de la fermeture, j'étais une cigarette à la main assis à ma table et seul, dessinant sur une nappe en papier des figures de femmes inspirées par Sophie. Soudain parut devant moi une ravissante jeune femme, justement, que je ne reconnus pas mais dont je me dis que son visage m'était pourtant peut-être familier...

"Tu t'appelles Timothée ?" Me dit-elle, en me demandant ensuite si j'étais bien le photographe qui présentai l'exposition aux murs du café. Je lui répondis bien sûr que oui, c'était bien moi. Et nous échangeâmes quelques mots à propos de ces cadres que j'avais accroché là. Elle me dit s'appeler Marine. Elle était habillée d'un pantalon large, blanc et d'un débardeur blanc aussi, puis d'un blouson léger de toile bleu clair, et elle avait de grands yeux bleus, d'un bleu pâle ou presque délavé, qui brillaient, perçants, au milieu d'un visage ovale parsemé de tâches de son qu'encadraient ses cheveux blonds de paille coupés au carré. Elle fumait, elle aussi, et si je m'en souviens bien, je fus pour ainsi dire tout de suite sous le charme de cette inconnue, qui paraissait nettement plus jeune encore que moi.

Je ne me souviens plus par contre très bien de ce que nous nous dîmes à ce moment là. Sinon que cette Marine à laquelle je faisais un compliment après quelques moments, lui disant qu'habillée ainsi elle semblait une ange, me regarda alors fixement dans les yeux, pour me dire ensuite d'un ton grave : "Oui. C'est cela. Je suis une ange, Timothée. Je suis ici, exprès. Pour te parler des anges, justement."

"Une ange, vraiment ?" Répondis-je dans un sourire. "Je ne savais pas qu'il y en avait sur terre, c'est un grand honneur que tu me fais !" Évidemment, d'abord, je ne la croyais pas mais pour être poli, et puis galant, je fis alors semblant de la prendre au sérieux et cette jeune adolescente et moi parlâmes alors jusqu'à la cloche qui marqua la fermeture du Georges : des anges, de la religion, et du ciel. Elle connaissait, ce qui m'étonna beaucoup, les préceptes des Évangiles et plus largement les doctrines chrétiennes à la perfection. Or son regard, plongé dans le mien, ses gestes très gracieux et élégants et tout son discours qui résonnait en moi car j'ai toujours été animé par la foi, tout cela me captivait, me pénétrait et m'enivrait presque d'une candeur ou d'un baume et je vous l'avoue : je fus absolument, après vingt minutes, convaincu d'avoir face à moi un être effectivement surnaturel.

"Il y a encore bien plus que cela ! Tim." Dit Marine, devant le bar fermé, en réponse à ce que je lui avais adressé, conquis par son enthousiasme, que je voulais faire de ma vie une œuvre de bien, et de prière. "Tu le comprendras mieux plus tard..."

Aujourd'hui encore je ne le comprends pas, pourtant. Mais je peux vous narrer ce qu'il se passa ensuite, dont je fus là aussi stupéfait.

Il était passé deux heures et demie du matin. La jeune femme avait retiré un violon de derrière le comptoir du bar avant que l'on ne le quitte. Nous étions elle et moi seuls assis sur un banc de la place Saint Sulpice nous parlant encore et j'en étais à me demander ce qu'il pourrait se passer ensuite quand elle me proposa tout de go de gravir ensemble les échafaudages qui permettaient la rénovation de la tour Nord de cette église Saint Sulpice. Une construction imposante. Dont le sommet s'élevait à quelques quatre-vingts dix mètres, juste au-dessus de nous. "Pour aller voir les étoiles de plus près."

J'étais de plus en plus étonné ! Mais j'acceptai un peu pour relever le défi, puis parce que je savais comment on grimpe à des échafaudages, de nuit, pour l'avoir déjà fait auparavant. Elle me montra un accès, qui nous mena après une courte escalade à un système d'échelles de chantier, et nous nous élevâmes, elle ouvrant la marche, moi ensuite, jusqu'en haut du clocher. Je lui avais proposé de tenir son violon, elle l'avait refusé. Elle le porta donc par la bandoulière, jusqu'au moment où nous fûmes tout en haut. Elle m'avait dit vouloir le garder avec elle. Je ne me l'expliquais pas, mais ne m'expliquant rien de cette fille, je n'y prêtais pas importance.

Arrivés en haut des échelles, quelle vue ! Les lampadaires éclairaient assez pour que l'on distingue tout Paris. Je regardai ce tableau magnifique depuis la balustrade de la tour, et pris dans mes pensées je fus un instant sans penser à elle... Mais quand je me retournai pour lui dire merci de m'avoir emmené là : Marine avait disparu.

Elle n'était plus au sommet de la tour. Quelle surprise ! Je n'avais détourné les yeux que quelques secondes ! Je cherchais bien sûr à la retrouver mais en vain... Je n'avais remarqué aucun bruit, ni rien décelé d'anormal en elle mais elle s'était évaporée pour ainsi dire, presque instantanément. Autour régnait la nuit. Je retrouvai son violon posé contre la balustrade, et ne la revis plus. Après une dizaine de minutes, l'instrument à l'épaule, je redescendis. Puis je revins chez moi, simplement, comme bientôt poignait l'aube.

Une nuit sous terre

Dans la lumière encore radieuse et chaude de la fin de l'été, en septembre cette année là, j'allais entrer dans le hall du Lutetia, un grand hôtel où séjournèrent de nombreuses célébrités, pour y retrouver Sophie qui toujours élégante, m'y avait donné rendez-vous pour que nous discutions sérieusement, m'avait-elle dit. Dans l'atmosphère feutrée du bar des salons de l'hôtel... Sans doute m'avait-elle ainsi demandé de parler ensemble parce que je me préparais alors à partir pour un cycle d'études en Angleterre, à la London School of Economy, et voulait-elle simplement me donner ses recommandations, me disais-je.

Devant le "lobby" je reconnus un ami, ou un ami d'ami plutôt, un garçon de cinq ans mon aîné qui se prénommait Franck. "Franck, quel hasard !" Je lui adressai ces mots, il m'apprit qu'il travaillait en ce moment comme serveur dans un des restaurants de l'hôtel et qu'il était ce jour là "du midi", ayant alors fini son service, ce qui le faisait sortir de l'immeuble à ce moment-là, et me croiser.

Ce Franck était un noceur, un noctambule, qui après avoir quitté prématurément les études, devint serveur, maître d'hôtel, fut un peu un voyou aussi à ce que j'en sache, avant de quitter Paris ensuite pour je ne sais où d'ailleurs, car aujourd'hui je n'ai plus trace de lui. Nous nous parlâmes quelques minutes devant le Lutetia puis il me proposa à la fin de cette brève conversation : "Tu veux aller à une fête dans les catacombes ? Ce soir, appelle moi si tu veux ! On descend vers vingt-trois heures. C'est juste à côté !"

Je lui demandai de m'en dire plus. Il me répondit qu'il ne valait mieux pas trop en parler, ici, ouvertement ainsi dans la rue. "Appelle-moi !" Répéta-t-il, puis il me dit un bref au revoir et s'en fut.

Je gagnai les salons, m'assis à une table, Sophie me rejoignit peu après puis presque lovés dans les bras l'un de l'autre, elle me fit effectivement là beaucoup de recommandations au sujet de mon départ prochain à Londres. Elle me promit aussi de venir m'y rendre de fréquentes visites, me fit promettre de ne rien oublier de notre amour ni de ne pas mettre mes jours en danger...

Il est vrai que j'étais assez casse-cou à cette période de ma vie, inconscient presque parfois. Quant à l'amour que j'eus pour elle, que j'ai encore comme une part inextinguible de moi aujourd'hui, rien ne pouvait, n'a jamais pu, n'y enlever quoi que ce soit. Sophie, magnifique, impérieuse, m'enlaçait alors à demi sur ce minuscule canapé et dans l'ambiance feutré du bar me semblait une prêtresse des Mystères.

Après que nous avions donc ainsi parlé longtemps, je lui proposai cette fête clandestine, dans les catacombes, en lui faisant valoir que c'était une légende dont relativement peu de parisiens ont l'opportunité de la connaître pour vraie, qu'il se passe de grandes soirées dansantes sous le macadam de notre ville, et qu'elles ont toujours eu la réputation d'être des moments très privilégiés puis, pour le moins originaux.

Sophie opina, et accepta. Nous nous rendîmes donc à l'invitation de Franck ensemble, peu de temps après avoir mangé simplement dans un petit bistro. Je l'avais appelé et il m'avait confirmé qu'il m'attendrait à vingt-trois heures, rue Bonaparte, devant l'institut Hongrois.

Il y était. Avec lui un jeune homme et une jeune femme qu'il présenta comme un couple d'amis. Faisant à l'aide d'une clé qu'il tira de sa poche s'actionner le mécanisme d'une porte en fonte à même le mur, il l'ouvrit pour que nous entrions dans un petit local technique, désaffecté apparemment mais maçonné, dans lequel un escalier de métal descendait vers les profondeurs de la ville !

Après l'avoir emprunté puis suivi d'abord une galerie manifestement utilisée et entretenue récemment, nous nous engageâmes dans des petits couloirs exigus eux, humides et froids. Mais sans difficulté, peu après nous accédions d'abord à une petite salle où l'on commença à rencontrer des gens qui y discutaient allongés sur des matelas, devant des bouteilles de vin et d'alcools, puis après encore un sas, nous fûmes dans la fête à proprement parler.

C'était saisissant. Plusieurs centaines de personnes, dans une grande obscurité ponctuée seulement de lampions ainsi que de la lumière phasée d'un stroboscope et de projecteurs de couleurs, dansaient sur le rythme lourd, effréné aussi, d'une mélodie de musique électronique...

On n'y voyait presque rien. Ayant bientôt perdu Franck dans la foule, nous dansâmes également, Sophie et moi, pendant près de deux heures, collés l'un contre l'autre et nous embrassant, nous embrassant encore. Elle était manifestement très heureuse d'être là avec moi, quant à moi je l'étais aussi, quoiqu'un peu anxieux parce que je me demandais comment nous allions faire pour en repartir sans les lampes torches de Franck et ses amis qui nous avaient éclairés à l'aller, et puis dans ce petit dédale que nous avions parcouru, comment nous retrouverions-nous ?

Je me résolus à en parler à Sophie, et je lui dis qu'il fallait que nous trouvions des guides. Avant que tout le monde ne fût trop "paf", parce que l'alcool, du haschisch et des drogues aussi circulaient autour de nous. Elle acquiesça.

Après encore un peu de danse, je trouvai un secours en un vieil homme, barbu, qui souriait d'une bouche édentée, qui m'assura qu'il était disposé à nous reconduire à la sortie très rapidement et facilement. "Vous n'avez qu'à me suivre !" Sophie avait froid. Nous partîmes donc.

Le monsieur inconnu se montra effectivement très utile. Très volubile aussi, il nous expliqua que la fête se déroulait dans une station de métro désaffectée, la station "Croix Rouge", qui avait été bétonnée et plus tard récupérée par un "collectif" de gens qui habitaient là. "Habitent-ils là ?" S'exclama Sophie. "Oui, vous seriez étonnés de savoir combien nous sommes à habiter sous Paris..." Reprit l'inconnu, dont le visage éclairé par sa forte lampe prenait des accents tantôt patibulaires, tantôt célestes.

"Et là, sur votre gauche, c'est la chapelle de la Vierge des catacombes ! Nous sortons juste après. Voyez-vous, cet endroit magique est éclairé par un enchantement."

Il nous montrait, au détour d'une galerie, une fontaine où était effectivement une statue de Marie, entourée d'un halo de lumière, douce, blanche, dont on ne comprenait pas comment elle apparaissait parce qu'il n'y avait aucune ampoule, ni flambeau. "Allez, zou ! Les jeunes. En haut de l'échelle, poussez la plaque, replacez-la une fois dehors." Nous sortîmes donc. Rue d'Assas. Je raccompagnai Sophie chez elle non loin, où je dormis à ses côtés.

Le garage impossible

Je partis peu après à Londres, pour y étudier le Droit. Mais je n'y restai finalement qu'une année, marquée par un certain malaise et une certaine gêne, avant de m'inscrire l'année suivante à la faculté parisienne de la rue d'Assas où je poursuivis ensuite des études plus tranquilles...

Pendant les vacances de Noël de cette période Londonienne, je revins à Paris pour y célébrer la nativité, la Nouvelle année, et j'y retrouvai alors quelques amis, des amies aussi, et puis ma tendre amoureuse Sophie, bien sûr. Je me souviens que cet hiver fut particulièrement froid. Je me souviens aussi que j'étais désorienté, que j'avais assez subitement, peut-être à cause de trop de liberté ou de fête en Angleterre, perdu un peu mes repères, perdu aussi beaucoup de l'assurance et de la gouaille qui m'avaient caractérisé au lycée.

Sophie, pour laquelle j'étais toujours épris d'un sentiment très fort, insondable, m'avait averti pourtant, elle qui se montra invariablement réfléchie et sage, que : j'allais vivre loin d'elle, et que je ne devais pas m'abstenir d'avoir éventuellement une autre relation, avec une autre jeune femme, qu'elle accepterait cela à la condition que je lui en tienne compte. Cela se produisit, je lui en tins un compte strict, et cela n'altéra rien entre elle et moi.

Mon problème était autre. Problème conceptuel peut-être ou même presque mystique, de définition de mon identité, de remise en question... Je me sentais "spleen", chagrin, incertain tout à coup, et un peu perdu, effaré ou égaré.

Il se déroula pendant ces vacances de Noël de l'année d'après mon baccalauréat une brève mésaventure, contrariété plutôt, qui encore aujourd'hui me laisse songeur.

Je dînais un soir chez Alberto, un restaurant de pizza au boulevard du Montparnasse, presque sur la place du 18 juin. J'y étais alors avec deux jeunes garçons, que je connaissais bien, tous deux parisiens comme moi et par ailleurs un peu plus âgés que je ne l'étais. Ces deux-là proposèrent à la fin de notre repas une virée en voiture, l'un d'entre eux conduisait déjà et il avait me dit-il, garé sa voiture juste à côté du restaurant, dans le "Parking Montparnasse", soit effectivement à deux pas de là, puisque sur le même trottoir de l'avenue peut-être cinquante mètres plus loin, se trouvait son entrée principale.

Ayant donc achevé notre part de pizza et un pichet de vin de table, nous quittâmes Alberto décidés simplement à "aller faire un tour sur les Champs Elysées". Très bien. Sauf qu'à l'entrée du garage souterrain, je fus appelé à mon téléphone portable par une de mes amies de Londres, alors pour ne pas perdre la couverture du réseau en m'éloignant de l'air libre pour un sous-sol, je dis à mes deux camarades que je les rejoindrais bientôt, qu'ils n'avaient qu'à me donner le numéro de la place où était la voiture et que je les y retrouverais sans qu'ils n'aient trop à m'attendre, après mon "coup de fil".

Le conducteur se rappelait du numéro de sa place, il me l'indiqua, mes deux amis partirent devant tandis que je parlais brièvement à Laura, mon amie italienne de Londres, étudiante comme moi à la faculté de Droit et d'Economie.

Alors, après peu de temps au téléphone, je descendis par l'accès piéton dans le garage et, suivant une petite chaussée au bord de la voie que les voitures empruntaient j'essayai, je m'en souviens, de gagner l'emplacement indiqué au second niveau. Mais je n'y parvins pas.

Je me perdis, dans le garage. Ayant peut-être manqué un panneau de direction dès le début de ma descente, je ne fus bientôt non seulement plus en mesure de trouver mon chemin vers mes amis qui m'avaient précédé, mais après un temps, me trouvai désorienté dans ces couloirs immenses flanqués de voitures garées, à tel point que je me demandais comment faire pour en sortir. C'est un fait étonnant qui est encore présent en ma mémoire, que ce soit par une certaine forme de berlue, ou peut-être la disposition complexe de cet endroit, je fus là, arpentant des galeries sombres et très silencieuses où abondait une odeur d'essence, de plus en plus saisi par la crainte et de moins en moins en mesure de m'y retrouver, pendant près d'une heure et demie. C'était assez angoissant, d'autant que mon téléphone portable n'avait d'abord pas de signal, ensuite plus de batterie et s'éteint.

Je restai livré à moi-même dans ces souterrains où je tournais en rond, pour ainsi dire, comme en un labyrinthe, très étonné de me rendre compte à mes dépens qu'ils étaient tellement vastes et puis très vexé que mon sens de l'orientation ne m'aidât pas à me diriger vers une sortie, ce qui semble pourtant facile à première vue dans un garage !

Cela aboutit à un grand moment de désespoir, pour vous parler franchement, quand à minuit à ma montre les lumières déjà très faibles du réseau de voies souterraines, baissèrent tout à coup et qu'il régna alors autour une grande obscurité. La nuit allait-elle se passer entière pour moi prisonnier ici ?

Je ne voyais plus une seule voiture circuler dans les voies depuis un long moment et étrangement, j'accédai à la fin de ce triste épisode à des galeries où l'on n'en voyait plus non plus, ou seulement de très rares, qui y soient garées. Et je marchais, dans le noir presque, dans ce garage désert et vide, me fiant à des petites loupiotes vertes au sol, en proie à en un grand désarroi.

Soudain je vis enfin un ascenseur sur ma droite. On le distinguait clairement, signalé par une veilleuse. Je me rendis compte qu'il n'était utilisable qu'en actionnant une carte magnétique d'usager. Je n'en avais pas, et je me posais encore la question de s'il y avait peut-être près de l'ascenseur un bouton d'alarme pour la sécurité du lieu, quand subitement aussi, une porte, que je n'avais pas remarquée, s'ouvrit à côté, laissant passer quatre personnes, je m'en souviens bien : deux hommes et deux femmes. Ils avaient l'air un peu éméchés et riaient en entrant dans le garage, depuis ce que je compris tout de suite être un escalier.

Ni une ni deux, je me rendis à la porte. Je ne cherchais pas à communiquer avec ces gens mais l'une des femmes m'ayant lancé un "Vous n'avez pas le droit d'être là !" dont je ne comprenais pas le sens, je lui répondis : "Je me suis égaré madame !" La porte se ferma, je les entendis rire à nouveau, mais j'avais là en effet un escalier que je gravis quatre à quatre, qui me mena tout droit à une sortie dont par chance la porte pouvait se franchir librement depuis l'intérieur. Je me retrouvai bien loin d'où j'étais entré, rue de Vaugirard, au croisement avec le boulevard Raspail. Soulagé, bien sûr, mais éprouvé par cette difficulté. Je revins chez mes parents qui dormaient eux, déjà, puis dormi moi aussi, tout habillé, épuisé.

Cette errance, me dis-je aujourd'hui, avait beaucoup contrarié l'adolescent très sûr de moi que j'étais ou avait été jusque peu avant de vivre à Londres. Peut-être puis-je ici adresser un conseil à ceux qui éventuellement me lisent, s'ils sont encore jeunes : restez bien attentifs et sobres, tant que faire se peut, au début de votre vie d'adulte. Quant à moi je fus alors un peu trop tapageur et cela me coûta, avant que j'en revinsse ensuite.

Le Pont des Arts

On dit souvent que trop de fards nuisent à la beauté d'une femme. Peut-être pourrait-on établir plus communément que l'excès nuit par nature comme l'a écrit Aristote ? Quoi qu'il en soit je fus, comme je vous le disais déjà, désorienté et chagrin lors de mon séjour à Londres, et j'y vois maintenant un trouble que me causèrent trop de fêtes, trop de libertés que je m'étais accordées, résultant en une certaine dissipation.

Je m'établis donc à Paris à nouveau dès que furent passés mes examens là-bas, fin mai. Et de concert avec ma famille je m'inscrivis en Licence de Droit, première année une seconde fois, à la très réputée faculté de la rue d'Assas. Durant l'été qui se passa je fus peu parisien, voyageai beaucoup plutôt, notamment jusqu'à Munich et Berlin, passai quelques semaines au Cap Ferret dans notre villa ainsi que sur la côte basque, en compagnie de Sophie et de deux de nos amies.

Mais il se produisit un évènement à Paris notable pour moi, qui est intéressant et que je me dois de mentionner ici.

Je venais d'avoir dix-huit ans, alors pour citer une de nos chansons populaires, je me voulais déjà "fort comme un homme." Un soir, tandis que nous buvions "l'apéritif" avec quelques unes de mes connaissances, garçons et filles, assis à même le plancher du Pont des Arts, la conversation porta sur ce que notre président de la République, à l'époque, s'était quelques années auparavant vanté de ce qu'il se baignerait dans la Seine. Or, il ne l'avait pas fait, ne le fit jamais d'ailleurs, et la rumeur populaire voulait que s'il s'en était abstenu, c'était parce que les efforts que les politiciens de tous bords disaient avoir entrepris pour que le fleuve auparavant très pollué soit assaini, n'avaient pas été un succès peut-être, ou bien disait-on aussi parfois, n'avaient ils pas en fait, été entrepris.

Nous parlions de cela, et je soutins contre l'avis des autres que la Seine n'était pas si polluée qu'on la réputait. Je leur dis, ce qui était vrai, m'y être baigné, plus jeune, pour un défi avec une de mes cousines, sans que cela ne m'ait causé aucune maladie de peau par exemple, ni aucun réel danger.

Alors, ceux qui étaient là, les jeunes hommes surtout, me traitèrent d'être un menteur. Je m'en défendis, bien sûr. Puis ils me mirent au défi de le refaire, pour leur prouver que j'en étais capable.

Je dois vous expliquer que, sans que je n'aie jamais bien compris pourquoi, j'ai dû faire face toute ma vie à une certaine hostilité de la part de certains de mes proches, particulièrement entre ceux qui se dirent mes amis, et parmi eux plus spécialement des garçons, ou des hommes qui parfois furent même ouvertement méchants, mauvais à mon encontre.

Je me suis, depuis l'enfance, consolé de ceux-là grâce à l'amitié ou l'amour que je me vis recevoir de jeunes filles ou de femmes que je fréquentais. Et c'est ainsi que je trouvais un équilibre déjà, adolescent, en mes relations sociales.

Pour répondre aux reproches de mes camarades ce soir-là, bientôt moqueries presque, d'avoir affabulé à propos de m'être baigné dans notre fleuve, j'allai plus loin que ce qu'ils prétendaient tenir pour impossible : je leur proposai que puisqu'ils voulaient apparemment tous me contredire, j'allais sauter du Pont des Arts, nager ensuite jusqu'à la berge, puis revenir les voir et qu'ils me devraient alors une bouteille de champagne.

Les moqueries devinrent quolibets, sifflets, injures, mais je fis ce que j'avais annoncé. Confiant mes effets, soit simplement une chemise, mon portefeuille et mes clés, mon téléphone et mes chaussures, à une de celles parmi les filles présentes qui avait ma confiance, gardant mon bermuda seulement, je ne fis ni une-ni deux, passai la balustrade de fonte et me tins un court moment au-dessus de l'eau.

"Vous vivez dans la peur, et vous êtes vraiment trop bêtes ! À mon avis, vous n'arriverez jamais à rien !" Lançai-je à ces faux-amis. Puis leur ayant adressé ces paroles impérieuses, je sautai.

Le Pont des Arts est assez haut, et quand bien même j'étais déjà à cet âge exercé aux sauts depuis les calanques, les rochers, la chute me sembla longue.

Mais, peut-être que connaissez-vous cela, le saut d'une hauteur dans de l'eau n'est dangereux que s'il manque de la profondeur. Ou à tout prendre quand on y tombe trop à plat. Et ce ne fut pas difficile pour moi de bien sauter droit comme un i, puis une fois arrivé dans l'eau, j'eus un peu un moment d'interrogation quant à où j'allais atterrir ensuite sur la berge, mais me souvenant qu'à cet endroit les quais de la rive Sud sont accessibles et dégagés je m'y rendis à la brasse et en peu de temps je trouvais un accès puis je fus assis au bord du parapet, reprenant mon souffle.

Pendant que je nageais, certains m'avaient salué par des bravos depuis le pont, dans la petite assemblée des badauds et des touristes qu'on y voit chaque soir l'été. Je me fis la réflexion en me rétablissant sur la pierre du quai, par une petite échelle, que vraiment ce n'était pas difficile comme saut, si l'on tenait seulement compte du très fort courant de la Seine, qui m'avait rapidement fait dériver.

Cette fille qui avait gardé mes affaires, une très jolie jeune femme qui venait de passer son baccalauréat, et qui s'appelait Elisa, me rejoignit manifestement dans une grande hâte comme je m'apprêtais à remonter l'escalier qui mène au pont. Elle m'expliqua que l'un des membres de notre petite assemblée, qu'elle désigna comme l'un de ceux aussi qui m'avaient le plus véhément moqué d'abord, avait appelé la police pour leur signaler mon saut. Et que donc, si je voulais éviter une verbalisation, il fallait que je m'éloigne vite parce qu'une patrouille allait certainement être dépêchée. "Quels salauds, ces pauvres mecs !" dis-je à la fille à propos des garçons de notre groupe. "En plus, à peine les avait-il appelés qu'ils sont partis tous aussi du pont, pour ne pas les voir. Il y en a un qui a du haschish !" Me dit-elle. "Pauvre mecs." Répétais-je. Je me rhabillai et nous nous en allâmes avec Elisa, effectuant un détour par les quais jusqu'au Pont Neuf, puis Place Saint-Michel, avant qu'elle ne m'invite finalement chez elle, rue Cassette au dessus de la Cour des Carmes, où je passai le restant de cette soirée avec elle et sa grande sœur.

Je me souviens que nous avions regardé un film de Pedro Almodovar qui s'intitule : "Femmes au bord de la crise de nerfs". Et qui est vraiment intéressant.

Évoquant ici pour vous ce souvenir, je me prends à réfléchir encore au rôle néfaste que jouèrent nombre de ceux que je connaissais dans ma jeunesse, certaines jeunes femmes aussi parfois, mais tout de même essentiellement de ceux qui se disaient mes amis masculins. Ainsi, à partir d'une banale conversation, on en veut tout à coup à mon honneur, remettant ma parole en question puis montant toute une diatribe contre moi. Piqué au vif, je me sens obligé de répondre par un exemple et alors on me tend un piège... Ces gens, quels qu'ils fussent, étaient simplement affligeants.

Béatrice, disparue

Il se déroula, au tout début de ma première année de Droit à l'Université de la rue d'Assas, un événement étrange.

J'avais fréquenté, quand bien même j'étais scolarisé au lycée Henri IV, les heures d'aumônerie du lycée Montaigne. Cela parce que c'était là que j'avais été étudiant pendant mes années, plus jeune, du collège, et par affection tant pour les équipes de cette aumônerie que pour certaines de ceux qui y furent cathéchumènes avec moi.

Après mon lycée, donc, et juste au moment où je revins de Londres, pendant l'été, je participai à quelques événements organisés par le père aumônier, dont je me souviens qu'il s'appelait Paul.

J'y pus faire mieux connaissance avec une jeune femme particulièrement jolie qui s'appelait elle Béatrice et dont j'avais déjà auparavant réussi à gagner une certaine familiarité, ou amitié, notamment quand j'étais en classe de terminale au lycée et qu'elle qui avait un peu plus que mon âge, animait avec moi des "cours de catéchisme" à destination des plus jeunes.

Béatrice, par un jour étonnamment ensoleillé au début du mois d'octobre, m'avait donné rendez-vous chez elle. Chez ses parents, en fait, à l'issue de la rue Saint-Placide qui est en face du grand magasin "Le Bon Marché." Je m'y rendis, cet après-midi d'un samedi, avec je m'en souviens comme un pincement dans mon cœur, que j'expliquai en me disant que cette jeune femme était "spéciale"...

Je franchis le seuil de sa porte et lui embrassai les joues, encore plein d'un sentiment bizarre de saisissement ou d'inquiétude, peut-être. Elle fut pourtant absolument charmante, avenante et affable aussi, durant tout cet après-midi que nous partageâmes d'abord autour d'un café servi dans une cour intérieure, un patio, puis elle se plaignant que le temps soit trop frais, ensuite assis sur un gigantesque canapé de cuir blanc au milieu d'un salon gigantesque lui aussi, enfin pour ne pas le cacher : enlacés, elle et moi sur son lit et dans la pénombre de sa chambre.

Au fur et à mesure qu'elle me parlait, je voyais grandir ma surprise pendant ces quelques heures, de ce qu'elle me disait d'abord qu'elle habitait ce si important appartement seule. Et que ses parents particulièrement riches habitaient eux aux États-Unis et en Suisse. Puis que contrairement à ce que je croyais savoir, elle avait deux sœurs, et un frère, qui eux non plus n'habitaient pas là. Elle me dit aussi que si son père apprenait que je l'avais vue ici, il voudrait immédiatement me "faire tuer". Puis que quand bien même l'argent n'était rien pour elle, quand bien même elle était consciente d'être belle, jeune, brillante élève, elle masquait un immense mal-être, allant jusqu'au désespoir, qu'elle était en elle-même ceinte d'une infinie tristesse. Elle dit encore que j'étais le premier garçon qu'elle n'ait jamais invité là dans son étonnante demeure parisienne, et que j'y aurais été aussi le dernier...

Alors, bien sûr j'écoutais Béatrice exprimer cela et j'essayais aussi de lui répondre, avec intelligence, bienveillance, ou compréhension, mais d'une part elle m'étonnait tellement par ces révélations que je n'y pouvais rien prétendre comprendre, d'autre part le mystère dont elle semblait effectivement parée donnait à ses confessions un tour désarmant, déroutant de vraisemblable.

J'essayai comme allait venir la nuit autour, de lui proposer que nous restions plus longuement ensemble, plus que ces quelques heures imparties d'abord pour ce rendez-vous. Elle refusa. Ballot, ne sachant quoi lui adresser de plus, franchissant à nouveau son seuil mais pour partir, je lui dis que la vérité du Monde est souvent complexe, parfois cruelle, mais que nous ne sommes rien devant Dieu si grand et si bon, si aimant, dont l'intelligence peut ordonner nos vies. "Cherche la consolation auprès du Ciel !" Adressai-je à Béatrice.

"Merci. Je vais le prier beaucoup. Je t'aime, Timothée. Adieu." Me dit-elle. Et je m'en fus.

Puis, je ne la revis plus jamais. Ce fait est extraordinaire : Béatrice disparut, tout entière, et ainsi je conservai son numéro de téléphone mais il ne répondit plus dès le lendemain quand j'essayai à nouveau de la joindre. Ni ne répondit pas non plus plus tard. Elle, qui était souvent aux réunions de l'aumônerie n'y parut plus. Encore plus dérangeant : personne ne me parla plus de cette jeune femme, et quand je mentionnais son nom mes interlocuteurs la prenaient pour une autre, ou niaient n'avoir jamais connu celle dont je leur parlais.

Quand je revins quelques jours après à la rue Saint Placide je vis que l'immeuble où je l'avais rencontrée était en travaux. Une palissade en défendait l'entrée. Depuis on a installé là une boutique de prêt-à-porter qui est restée quelques années, puis un restaurant, et je suis plusieurs fois allé essayer de me renseigner mais l'on m'a expliqué que tout le bâtiment a été refait, qu'il abrite aujourd'hui des bureaux.

J'étais saisi encore, en vous écrivant ces mots, d'une forme d'inquiétude assez poignante, quant à ce que je me souviens bien avoir vécu près d'elle. Cet appartement immense, sur plusieurs niveaux, avec cette cour où j'ai bu deux cafés, la chambre de mon amie, ses embrassades et sa beauté, tout cela évanoui en une nuit. Comme pour les mirages des contes orientaux.

Bien sûr j'espère qu'elle n'aura pas eu à souffrir de la cruauté de ses proches, dont je comprends la tyrannie d'après ce qu'elle disait que l'on aurait pu vouloir me tuer pour l'avoir vue seulement...

Bien des choses sont possible à qui possède une fortune immense, peut-être, ou représente des intérêts colossaux. Certes, mais comme elle m'en avait fait part elle-même, cela ne présume en rien du bonheur par lequel la vie est vécue meilleure, ni de l'amour peut-être que l'on ressentira pour quelqu'un.

Béatrice, bien des années ont passé, saches si tu me lis un jour peut être que j'ai prié, je prie encore pour toi. Très humblement.

L'ami Charles

Il faisait froid, ce soir-là, il avait plu et les trottoirs de la rue d'Assas luisaient d'ors devant le café Guynemer, comme je me hâtais, pressant le pas, pour gagner le grand amphithéâtre de ma faculté dont l'entrée se situe quelques dizaines de mètres plus haut.

J'avais la tête baissée, pensant à je ne sais quoi, quand j'entendis des éclats de voix, à peu près tandis que je dépassais l'avenue Vavin. Et dans la demi-clarté des réverbères de la ville je distinguai un attroupement au coin de cette petite avenue justement. Je compris d'abord qu'il s'agissait d'une rixe, puis regardant mieux je me dis ensuite que c'était peut-être plutôt une agression ou un "racket" car on voyait une silhouette entourée par quatre autres, silhouette d'un garçon qui semblait en mauvaise posture...

"Charles ! Bats-toi ! Aide-moi mon vieux !" Je lançais ces mots à l'agressé que je venais de reconnaître comme étant un de mes camarades de classe, de ces petites classes que l'on appelle les "travaux dirigés", qui alternent avec les cours magistraux dans les premières années de nos universités françaises.

Rompu déjà, depuis jeune, aux techniques de combat, je voulais le tirer de ce mauvais pas et profitant de ce que je les attaquais par derrière, et par surprise, je bondis sur les quatre, en jetai un violemment par terre, que j'avais attrapé par le cou et donnai un grand coup de pied à un second dans ses jambes qui le fit tomber au sol aussi. Il y eut ensuite une petite mêlée entre les deux agresseurs qu'il restait debout et moi, rejoint bientôt par Charles qui était d'un gabarit plutôt fort. Je fus assez hargneux peut-être, pour en envoyer un hors de combat rapidement ensuite tandis que mon ami et le dernier d'en face s'échangeaient des coups de poings. Je me lançai dessus avec encore un coup de pied de toute ma force dans ses hanches. Il tomba à son tour. Je mis un pied sur son visage et tandis que ses comparses s'étaient écartés, plus ou moins mal en point, je lui criai, plus que je ne lui dis, à l'oreille et en argot parisien : "Eh mais dingo, tu zones mon pote je te cane c'est ok ? J'en ai déjà crevé des comme toi pour moins que ça. Sinon, peut-être, tu demandes pardon, je te laisse..."

Je souris encore aujourd'hui en repensant à ces mots, exagérés évidemment, qui m'étaient venus spontanément sous l'effet de la colère.

"Pardon". Articula notre ennemi. Je lâchai ma prise sur son visage et me reculai d'un pas.

"Timothée, ça va ?" C'était une fille qui me demandait cela, que je reconnus pour être une autre camarade du même groupe de travaux dirigés. Elle avait été agressée en fait en même temps que Charles avec lequel elle se rendait au même cours en amphithéâtre que moi. Une jeune femme très délicate, ravissante, qui s'appelait Céline.

"Moi ça va super bien mais vous, vous n'avez rien ?" Eux n'avaient presque rien. Des agresseurs, deux s'étaient relevés et avaient quitté les lieux, un restait assis à côté de la scène, le visage dans ses mains, l'autre que je venais de laisser au sol y était encore étendu.

Je m'adressai à celui qui était assis, lui hurlant : "Doucement gue-din, vas-y molo ok. Pense à ton avenir !" Puis Charles qui avait quand même reçu un ou deux coups de poing et saignait un peu du nez me prit doucement par une épaule, et nous quittâmes à notre tour la scène de la bagarre.

"Merci Tim." Me dit-il. "Toujours content d'aider un copain." Répondis-je. "Il faut rentrer chez nous !" Dit Céline. "Ils pourraient revenir."

Je lui proposai de la raccompagner et Charles vint avec nous. En effet elle habitait ce même quartier de la faculté, ainsi elle lui offrit de soigner ses contusions avant qu'il ne retourne chez lui, bien plus loin, vers le Trocadéro. Nous nous rendîmes alors tous trois juste à côté du bâtiment de l'Université, rue Bara, où elle nous fit entrer dans un riche immeuble puis au premier étage, chez ses parents. Chemin faisant, nous n'avions presque pas parlé.

Je tenais le rôle un peu héroïque de celui qui les avais sauvés, alors la mère de cette Céline me fit tous les honneurs, quand sa fille lui raconta ce qu'il s'était passé.

Dans le salon aux teintures rouges, aux dorures, et aux meubles d'antiquaire, je compris en buvant un verre de bière que j'avais accepté, que la raison de cette dangereuse aventure qu'avaient vécue mes deux amis était qu'ils étaient juifs. Et que leurs agresseurs n'étaient pas des loubards habituels mais plutôt des extrémistes issus des mouvements racistes qui les avaient pris à parti par haine envers leur religion.

Cela arrivait, encore à cette époque et même relativement fréquemment dans nos quartiers huppés que l'on entende parler de ce type d'agressions raciales. J'étais navré pour Céline et Charles à l'idée de penser que cela risquait donc de leur arriver à nouveau, tandis qu'eux me dirent la même chose mais à propos de moi : je m'étais battu contre des militants racistes, il fallait que je sois sur mes gardes parce que ces gens-là étaient organisés et susceptibles de me tomber dessus en groupe, à l'improviste.

"Tu vois que cela ne leur a pas réussi de se battre avec moi." Opinai-je pour Charles qui me prévenait de faire attention, tandis que la domestique des parents de Céline lui appliquait une compresse.

"C'est incroyable ce que tu leur as mis dedans." Approuva-t-il. Et la conversation continua entre nous jusqu'à ce que je sois invité à manger avec la famille de Céline, pour un couscous, dont je fus contraint d'être resservi trois fois. Comme je comprends que c'est une coutume pour l'hospitalité des mères de famille Séfarades.

Je revins chez moi. Je m'en rendis compte ensuite, c'était vrai que ces bandes extrémistes m'avaient repéré sans doute, je dus me battre à nouveau contre des petits groupes de ceux-là à plusieurs reprises pendant mes études de Droit. Je n'y perdis pas grand-chose sinon un peu de tranquillité, par contre j'avais gagné un ami sincère qui m'accompagna pendant tout ce cycle universitaire. Charles, dont j'appris par la suite qu'il était le fils d'un riche couturier, et dont je me souviens avec un peu de nostalgie qu'il organisait chez lui des parties interminables de Poker. Je lui rendis visite un jour quelques années plus tard, dans sa propriété familiale sur les hauteurs de Saint

Tropez, avant que je ne le perde de vue. La vie est ainsi faite que le destin nous approche, puis nous sépare, à son gré.

Le traquenard

Au mois de mai de l'année 2003, j'avais compté dix-neuf ans, j'étais insouciant sinon insoucieux, et mes études de Droit à peine entamées en France se déroulaient bien, déjà. J'avais obtenu de bonnes notes à mes examens du premier semestre, je passais à ce moment-là un certain temps en révisions pour ceux du second semestre, qui s'annonçaient bientôt. J'étais heureux et confiant.

Seule ombre peut-être au tableau vif, clair, coloré qui aurait pu représenter ma vie : Sophie, elle, préparait son entrée à l'Ecole Normale Supérieure pour les lettres modernes, et elle était très logiquement pressentie pour l'intégrer haut la main. Je m'en félicitais pour elle bien sûr, mais l'idée de la voir partir pour quatre ans à Lyon sur le nouveau campus de l'institution, un peu égoïstement, m'attristait.

"Qu'à cela ne tienne !" Me disais-je. "Lyon est à deux heures en train de Paris, nous essaierons de nous retrouver le plus souvent possible…"

Un soir où je m'ennuyais un peu devant mon gros manuel de Droit des Contrats, un "Carbonnier", je reçu un message par téléphone d'un certain Jean, ami et surtout voisin, qui m'invitait à l'improviste à l'anniversaire de sa sœur, Laure, une jeune adolescente encore qui fêtait ses seize ans. Au Swag.

Vous ne connaissez peut-être pas cet endroit : acronyme pour "Sway and Go", le Swag est un établissement de nuit, une "boite", de la rue Dauphine près du carrefour de l'Odéon, en plein cœur du quartier de Saint Germain.

Je répondis simplement : "Très bien, j'arrive." Et je mis une veste de toile de crème, sortis de chez moi, passai au tabac encore ouvert, avant de rejoindre l'entrée de cette boite de nuit quelques vingt minutes plus tard.

"Tony !" adressai-je au physionomiste, celui dont l'emploi est de réguler les entrées, "Timothée" répliqua-t-il, lui qui me connaissait très bien, en client habitué que j'étais. "C'est pour l'anniversaire, c'est pour Laure, et Jean."

"Vas-y mon petit. Entre, tu demandes au vestiaire, ils vont te guider." J'acquiesçai, passai les armoires à glace qui défendaient l'entrée et par un escalier exigu je descendis jusqu'au minuscule bureau du vestiaire pour suivre la consigne que l'on venait de me donner. Une jeune femme sculpturale, dans une petite robe débardeur blanche me pria de la suivre. Je fus surpris qu'une fois dans la grande salle, elle ne me conduisît pas à une table, ou à ce petit espace légèrement en surplomb qui abritait les invités de marque, mais plutôt, traversant la piste de danse, se présenta devant une porte derrière le bar gardée par un employé manifestement de la "sécurité", puis passa cette porte, avec moi la suivant, pour me dire quelques pas encore après : "C'est là. Vos amis vous attendent en haut des marches. Bonne soirée !"

Le Swag avait donc un double fond. Mais fait étonnant, cet espace en remise était nettement plus vaste que le premier, il comportait à ce que je vis une autre piste de danse, un autre bar, et d'autres tables, plus richement apprêtées que celles que je connaissais ici, avec, assis dans deux fauteuils club de cuir brun, Jean, et son ami Thomas, un jeune anglais que je n'appréciais pas, devant une bouteille de champagne dont je me souviens bien encore aujourd'hui que c'était du Roddrieger, la marque que boit "James Bond", souvent dans ses films. Ces deux-là étaient les seuls que l'on puisse voir.

"Alors, mon p'tit coco !" M'adressa Jean. "Bah, elle est minimaliste ta fête mon vieux... Il n'y a pas Laure ?" Répondis-je dans un sourire, que j'affectai. Je me sentais mal-à-l'aise, dans cet environnement inconnu, en leur présence, eux seuls, tandis que l'on ne m'avait pas du tout invité pour cela. "Mais ma sœur elle a seize ans, c'est une gamine ! On pouvait pas en fait faire son "birthday" en boite. T'es un peu bêta, Timothée..."

L'accent des mots de Jean, manifestement déjà ivre, était aussi dérangeant, voire menaçant. Je ne connaissais pas si bien ce jeune homme. Je me dis qu'il fallait que je m'en aille, et commençai à me remémorer comment était accessible la salle habituelle depuis là où je me trouvais, me rappelant notamment que la porte qui m'en séparait devait pouvoir s'ouvrir facilement depuis l'intérieur. Je ne connaissais aucun grief que ce Jean ou ce Thomas aient pu tenir contre moi, mais me rendais à l'évidence : cette situation semblait dangereuse.

"Incroyable, ce club privé dans le club privé ! C'est vraiment joli en plus, mais est-ce que ce n'est pas perdre un peu de l'argent, parce que c'est fermé cet espace, on n'y va pas d'habitude..."

"En perdre, ou en gagner." Dit Thomas qui était resté silencieux jusque-là. "Tiens, regarde qui est là... Ton meilleur pote Timo !" Dit Jean tandis que paraissait devant moi un serveur en livrée, tenant dans un seau à glace une seconde bouteille de Roddrieger.

"Ah salut Olivier !" Je l'avais bien reconnu, un ami d'ami, un sénégalais que je croyais parti de Paris depuis l'été. Je l'arrêtai alors qu'il allait ouvrir la bouteille pour expliquer aux deux larrons que je ne désirais pas me saouler avec eux, que j'étais venu pour souhaiter un bon anniversaire à Laure, mais qu'elle n'étant pas là, je partais, retournais réviser mes cours. "Dis-lui bien des choses de ma part." Adressai-je à Jean, en me levant et en faisant comme un salut. "Olivier va te raccompagner." Dis Jean, ne paraissant soudain plus tenir à ce que je reste. "Dommage pour tout ce GHB qu'on a payé une blinde !" Se moqua Thomas, que je fis mine de ne pas entendre.

C'était donc effectivement un piège, s'il était mentionné devant moi cette drogue anesthésiante que l'on mêle aux alcools pour endormir les victimes. Je gardais mon sang froid. Le serveur qui avait déposé sa bouteille me fit un sourire grinçant, je lui emboîtai le pas sans un mot de plus et quittant la salle cachée, après quelques degrés descendus, il me dit d'une voix blanche : "C'est ici, mon vieux. Désolé."

Il avait ouvert par un digicode, une porte qui n'était pas la même qu'à l'aller, et qui portait la mention "Armurerie". Il me présenta une salle dont la porte était accès, où je ne distinguai rien sinon des étagères vides. Cela augurait mal de la suite. Sauf que dans la pénombre Olivier et moi étions seuls tous deux et que sans me laisser impressionner alors, en un geste très rapide je pris son cou entre mes mains, puis choquait deux fois sa tête contre le mur tout en faisant pression sur sa gorge. Il ne s'y attendait pas, je l'avais surpris. Il perdit connaissance et je le laissai là. Retrouvant mon chemin, je réussis à gagner la salle de danse, qui s'était remplie de noceurs, puis étrangement sans autre encombre à enfin quitter l'établissement. Je n'y revins plus.

Cat noir

Je n'ai encore aujourd'hui pas bien compris pourquoi si fréquemment dans ma jeunesse, de si nombreuses relations ou connaissances ont cherché à me nuire, parfois à m'éliminer. Cela étant, à leur dépit, je vis tous ceux-là péricliter peu à peu puis sombrer autour de moi, tandis qu'il me faut vous en faire part ici : aujourd'hui, bien longtemps après, je continue de prospérer, je suis bien mieux établi que je ne l'étais adolescent ou jeune adulte…

Je vais bientôt conclure ce bref récit d'anecdotes amusantes, aventureuses ou mystérieuses, et liées dans ma mémoire à la bienheureuse présence de Sophie, à mes côtés, amoureuse si belle, si bienveillante, dont je garde un souvenir émerveillé.

Un soir, tandis que Sophie et moi étions invités chez une de mes cousines qui s'appelait Sophie elle aussi, pour une fête qu'elle donnait à son petit appartement étudiant de la rue de Fleurus, j'eus l'occasion de me rendre utile envers une inconnue.

En effet, il y avait parmi les convives une jeune américaine, venue de Boston pour prendre des vacances à Paris. Elle avait pour prénom Kimberley, me dit-elle en me parlant, affable, à propos de comment sont les Etats-Unis, de quels événements politiques on avait pu observer là-bas lors de la présidence de Mr. Bush, de ce qui avait changé aussi pour la vie de ses compatriotes depuis les regrettables attaques des terroristes… Cette Kimberley était un véritable moulin à paroles et une très agréable personne par ailleurs.

Après la fin du "barbecue" improvisé sur la terrasse de ma cousine Sophie, puisqu'elle habitait au dernier étage de ce petit immeuble parisien en pierres de taille, un des invités demanda qu'elle nous autorise à monter sur le toit, qui était d'un accès facile, pour y voir se coucher le soleil.

Ma cousine nous en défendant d'abord de le faire puis y cédant devant les sollicitations répétées de l'assemblée, quelques-uns d'entre nous escaladèrent ensuite montés sur le pot d'un petit arbre de décoration et en se rétablissant sur le zinc d'une traction de bras. Cette américaine tint à se joindre à nous qui explorions le toit, après m'avoir dit qu'elle trouvait cela très romantique et "tellement français…"

Alors je l'aidai à prendre appui puis à se hisser, puis m'y trouvant juste ensuite je voulus rester près d'elle pour m'assurer qu'elle ne perdrait pas l'équilibre, et prévenir une éventuelle chute.

Le toit de cet immeuble était relativement étroit mais très peu en pente. Nous devisions avec ma nouvelle amie tandis que je lui montrais du doigt les différents édifices, religieux pour la plupart, remarquables autour de nous dans ce panorama de ma ville.

Sophie et Sophie, ainsi qu'une autre de mes chères amies qui s'appelait Caroline, étaient restées en bas sur la terrasse tandis que le soleil avait bientôt fini de décliner pour s'éteindre peu après au-dessus du Mont Valérien. Kimberley et moi parlions encore, assis dos à une maçonnerie de cheminée . Je me figurais que je lui étais seulement une rencontre de peu d'importance, un inconnu que l'on croise un soir par hasard sans plus bientôt n'y prêter d'attention. Cependant cette jeune femme parut graduellement de plus en plus vouloir me séduire, de plus en plus proche de moi par son corps et ses gestes elle me demanda soudain quand la nuit venait de tomber, que je l'embrasse.

"Kiss me !" Avez-vous déjà entendu ces deux mots vous être adressés ? Je dois dire que cela m'a toujours fait beaucoup d'effet. Venant d'une jeune et jolie étudiante américaine, c'est presque imparable. On aurait difficulté à dire non. Cela étant, et puisque bien sûr je formais un couple avec ma belle Sophie, qui sirotait sans doute son "long drink" à quelques mètres de là, je lui refusai ce baiser. En lui expliquant pourquoi, ce qu'elle comprit. Nous fûmes encore assis là quelques minutes, elle blottie dans mes bras.

Puis quand le froid qui vient avec la nuit eut commencé à se faire ressentir je lui proposai de regagner la terrasse et elle l'accepta. Alors d'un pas très peu sûr, dans le noir, la charmante touriste que je soutenais d'une main s'avança avec moi vers l'extrémité du toit surplombant ce passage vers l'appartement qu'il nous fallait rejoindre.

A mi-distance à peu près son pied glissa sur la demi-pente du zinc, accroché peut être par une de ces agrafes qui tiennent la couverture. Elle eut le mauvais réflexe de lâcher mon bras qu'elle tenait alors, comme par un sursaut, et il ne s'en fallut que de peu qu'elle ne tombe pas de tout son long !

"Mais my darling fais attention à toi, c'est beau la vie !" Je lui dis cela dans un souffle, avec un sourire, après avoir fait un bon de côté et puis vers l'avant aussi, pour rattraper l'étudiante de Boston par sa taille. Un mouvement très bref, qui retint sa chute en avant et prévint qu'elle risque de tomber de haut, parce que nous marchions alors au long d'une ouverture entre les toits, marquant une cour intérieure. J'avais réagi juste à temps.

"Oh my sweet Lord Jesus !" Kimberley avait eu un moment de peur. Elle fut bientôt d'aplomb cependant et nous pûmes parcourir encore quelques mètres, puis descendre à nouveau sur la terrasse, en sécurité.

"Tu es mon sauveur. Timothée, tu as sauté comme un chat pour me sauver la vie ! Tu es le Cat Noir !" Elle abondait en remerciements ensuite, avec le caractère souvent expansif de ceux de son pays, très soulagée évidemment puis encore assez apeurée par ce court instant de déséquilibre. Alors comme j'étais ce soir-là habillé d'un jean's anthracite et d'un petit pull de maille noire, elle me surnomma le "Cat Noir".

Cela me fait sourire aujourd'hui encore parce que c'est le nom que l'on donne à une figure populaire chez nous à Paris, un super-héros local, inspiré par le Bat Man de New York peut-être. Ainsi j'étais devenu Chat Noir pour avoir sauvé une belle américaine de la chute. Fantastique !

Je ne revis plus Kimberley, par contre elle demanda mes coordonnées et je reçus quelques semaines plus tard par la poste une magnifique bague d'or blanc montée de trois petits diamants. Sur l'écrin un mot : "Pour Sophie", et dans le chaton gravé "Cat Noir" ! Ces américaines sont toujours extravagantes.

Le Comte de Saint Germain

Par un chaud, lumineux après-midi de juillet, cette année 2003, encore à Paris, je buvais un verre de bière attablé, affalé presque, dans la salle de cette brasserie bien connue du boulevard Montparnasse : "La Closerie des Lilas."

Je voulais composer des quatrains pour Sophie, vers de tristesse un peu, parce que le résultat de son concours avait été rendu public, elle intégrait seconde au classement de sa promotion, l'École Normale Supérieure en lettres modernes. Elle partirait donc à Lyon pour quatre ans.

Sans que je n'y prenne assez garde, mon corps tendu seulement par le geste créatif d'écrire sur mon carnet, avait glissé peu à peu pour ne former qu'un avec la table aux rehauts dorés. Tandis qu'autour les bruits feutrés du bar, les mouvements mesurés des serveurs, me laissaient enivré par la poésie et l'écriture, en une tranquillité propice à cela.

J'allais y voyager souvent, aller la voir avec les autres amies là-bas. J'allais lui parler au téléphone, j'allais lui écrire, comme je le faisais en ce moment.

J'allais déjà passer le plus clair de l'été en sa compagnie... Rien n'y faisait. Essayant de me convaincre que la savoir s'éloigner ne présageait en rien de ce que notre relation ait dû souffrir, pourtant comme au creux de mon cœur, de mon ventre aussi, une boule nouée nourrissait cette amère anxiété.

"Stupide piano !" Le pianiste de jazz de la Closerie avait commencé ses ballades. "Stupide serveur, la bière est trop chère ici !" Je rageais intérieurement et sans autre objet ni raison que mon propre mal-être. "C'est moi qui suis stupide, il faut que je sois heureux pour elle !"

Comme un enfant grandi à peine de quelque adolescence, que j'étais, je construisais par une anticipation, mon désordre sentimental, chagrin, émotion douloureuse de craindre bientôt que notre amour se délite... Ces pensées étaient peut-être aussi marquées par une certaine forme d'égoïsme ou de possessivité, vous le comprendrez, et quoi qu'il en fût je broyais du noir, inutilement, seul à écrire là des poèmes.

"Ne soyez pas si triste Timothée ! La vie s'offre devant vous, avec ses possibilités infinies !" Je relevai la tête pour apercevoir, assis en face de moi mais à la table d'à côté, un monsieur qui m'était inconnu, bien mis et aux cheveux gris arrangés en carré court, qui m'avait adressé la parole, pour me dire ces mots.

"Excusez-moi, je n'ai pas l'impression de vous connaître déjà, comment savez-vous mon prénom, et puis comment sauriez-vous si je suis triste ?"

L'inconnu ne se présentait pas au meilleur moment, j'étais assez déprimé d'une part, et puis il m'interrompait alors que j'écrivais… Il eut un mouvement du regard, et de son buste, les portant vers le miroir en face de lui d'abord puis les dirigeant à nouveau vers moi.

"Je sais, beaucoup de choses qui vous concernent, Timothée. D'abord votre prénom, même s'il suffit pour cela de vous avoir croisé à une exposition, ou à une de vos soirées littéraires. Mais oui, j'en sais encore bien plus. Par ailleurs vous êtes triste, cela se voit. Excusez-moi s'il vous plaît, si je vous ai dérangé…"

"Ne vous inquiétez pas, nous pouvons causer un moment. Mais vous avez une étrange façon de vous adresser à moi. Un inconnu qui me connait, cette appréciation de mon humeur, ma tristesse, pour la première parole que vous me dites… C'est presque bizarre."

Je lui avais répondu cela ne sachant que lui dire, par automatisme, par un réflexe de politesse qui veut que j'essaye toujours d'être courtois, surtout quand je parle à un inconnu, quand bien même je le trouve impoli.

"Eh bien : j'en conviens, jeune homme, ce n'est pas une entrée en manière très habituelle, mais voilà je tenais à vous parler aujourd'hui…" Il s'en suivit entre lui et moi un échange très surprenant, duquel je compris que cet individu se prétendait être un mystique, ou un initié des mystères, des arcanes ésotériques notamment et des secrets de l'Histoire de France.

"Un original !" Me disais-je pendant que l'homme semblait parler pour lui-même plutôt que pour moi, de choses qu'il expliquait savoir mais qui pour la plupart m'étaient absolument étrangères. Quand il commença ensuite à me dire qu'il m'offrait de m'initier à mon tour aux secrets mystères de la magie, j'en vins à trouver son personnage assez drôle. Tout en ne me permettant pas d'être impoli, je déclinai bien sûr cette offre d'Abracadabras, mais avec un franc sourire, lui expliquant que je ne me souhaitais pas devenir sorcier ni alchimiste pour l'heure. Puis que si la religion et la prière étaient une partie de ma vie, je m'initierai seul, plutôt que de vouloir trouver un maitre, quand le ciel pourrait m'y appeler peut-être plus tard.

Amusé pour dire vrai par ce monsieur improbable, je jouais son jeu, quand bien même je ne le croyais pas sérieux un instant.

"Je suis le Comte de Saint Germain ! Et voici en gage de mon enseignement une chaîne en or, que je vous offre. Je vous donne rendez-vous en mon hôtel particulier de la rue des Saints Pères, ce soir. Pour vous parler plus avant de l'avenir de notre pays."

L'insolite inconnu allait décidément trop loin. Il joignit à ces mots qu'en effet il tira de la poche de sa veste une lourde chaîne dorée qu'il déposa devant moi. Je continuais à feindre, lui répondant : "Je suis navré, mais comprenez que je ne saurais accepter que l'on me passe une chaîne autour du cou. Quand bien même une chaîne d'or. Et encore une fois cher monsieur je décline votre invitation à m'instruire, soit qu'il soit trop tôt pour moi, soit que cela ne me corresponde pas. Alors je vous souhaite une bonne journée. Au revoir !"

Je le quittai. Mes consommations avaient déjà été réglées, je n'eus qu'à me lever et partir. Je crus bon, encore par politesse, de lui serrer la main puis tandis qu'il n'avait paru montrer qu'une certaine désinvolture dénuée de dépit, je m'en allais sans le regarder plus.

Il arrive, que certaines personnes un peu aisées essaient d'impressionner des plus jeunes par un jeu lié souvent à l'argent. J'avais sans doute rencontré là un farfelu de ce type.

Le monde est bien grand, autour de nous. Il est presque infini, et puis quasi inconnu, quasi inconnaissable. Cela étant notre vie, pour chacune ou chacun d'entre nous, est elle aussi, même si petite par rapport au grand monde, pourtant grande, inconnue en ce qu'elle nous échappe souvent, mais pleine de sensations, de pensées, de faits et de nos actes, pour le passé comme pour ce que nous vivrons encore…

Je fais en moi cette réflexion après une relecture de ces quelques pages que je viens de vous adresser, vous qui me lirez, qui m'êtes inconnus également ou connus si peu.

Peut-être pourrait-on estimer que le travail, conscient, notre effort pour transformer l'existence en une réalité meilleure, si l'on y ajoute la bienveillance et puis l'amabilité pour nos semblables, cela est-il notre but, en ce temps passé ici ?

Je ne saurais le dire pour sûr. Si vous souhaitez que j'en revienne à ce bref récit pour le terminer ici avec vous : sachez que je vécus, dès cet été-là puis longtemps ensuite de belles et tendres aventures encore en compagnie de Sophie. Plus tard, par un caprice du Sort, nous nous éloignâmes. Aujourd'hui accoudé à nouveau à ma table pour griffonner ces mots, je suis reconnaissant aux Cieux souverains de m'avoir gardé assez, avec assez d'esprit, pour que je puisse rendre hommage encore à celle qui fut tout pour moi.

Car l'extraordinaire le plus merveilleux que l'on pourra lire dans ces lignes, je le crois, c'est bien simplement cet amour qui nous unit, comme une étincelle jaillissant alors dans mon cœur pour nourrir ensuite un feu, pur et inaltérable depuis.

C'est étrange combien un homme peut aimer, et désirer tant une femme.

Très récemment, il y a quelques semaines seulement, j'étais sur un voilier en perdition au large d'une île des Açores, Santa Maria. Le moteur s'était éteint, avarié sans doute par de l'eau dans le "fuel", mais le vent, le courant, la houle nous drossaient vers une falaise, à quelques encablures de notre embarcation.

Un miracle voulut que je puisse tandis qu'autour la nuit était tombée, mettre les voiles à nouveau, naviguer assez loin et assez rapidement pour éviter le naufrage. Puis en vue de l'abri de Villa Porto le moteur reprit, et je fus sauvé, j'arrivai jusqu'au port où je dormis en sécurité… Là encore le Ciel, vous le comprenez, m'avait laissé en vie !

    Je réussis donc à finir mon récit de ces contes drôlatiques, saynètes que je vécus, hors du commun ou bien un peu fantastiques, qui marquèrent mes jours à Paris quand adolescent je tombai amoureux de Sophie.

    Merci ! Que Dieu vous garde !

Timothée

Ariège, Maurac, le 1 janvier 2025.

About the Author

Timothée Bordenave

Timothée est un auteur et artiste graphique français qui a travaillé aussi comme bibliothécaire. Il a publié de nombreux livres en français et en anglais, et ses textes ou ses poèmes ont été traduits et publiés dans le monde entier. Ses peintures et photographies ont elles aussi gagné une reconnaissance internationale. Il vit et travaille à Paris, en France.

www.ingramcontent.com/pod-product-compliance
Lightning Source LLC
LaVergne TN
LVHW041543070526
838199LV00046B/1808